石川　透　編

室町物語影印叢刊　5

扶衣の草子

むしろへ参らせ給ふ天竺の陀阿よ
内大臣これ如きやうしこそしく
おもしろし御まかをその陀をりさ
こうもの井おさ給ひし陀とし
十三あまくあまり色気遊よのう
かんくりまとれきひらくか人乃人
つたしもうさうくせうしあくとひ
ありめくくいひとりしてまうも
さやのうらりかしぬ人そなる
つしなりくさやうゐく上人との

まねをしてあくれはこれ誠
しきみをとりしかなをとり給ふ
わかりけりりそのそのかたくなく
うちのあまたありともいふをかせら
はかなしされちく京中かも大
しんくうやうなく上人ひかをとる
まうらつ三十一人まうく此人々にひ
まいらせされし給ひたれとも二度と
とられ給ふみちとをしたまはれとし
まめくあつへ新り給ひく

八月十五夜の月さやかなるをまち
いりそうらひらきて庭を愛ゝ
なを晴るゝしく梅つかのく
おもしろし給ひかしは如えの
様をやのまくんくもしのさいし
やうをそよ御をもまゐらせ給ふ
ものふしの様をこそうしめし
こんへおまのそ給ひておまの
のしろもめぐす給ひ候
それもひろつくつく

てまりをもてはつゝ給ひきゝ利
ほ中ねそとくゝらひきゆめ
ぬち

ろし

されしよりはし女しやうさんへ
つまりし二月十四日より身をうへ
まいり候にくめてたく候よし
三条にへんしのまゝめんめんく八
よふる候の下されてまいらせ候
りうあひめてたく候御事
あいとの御くしよれいとひと
下されるの御候うもらの
うちまいらしさまへいら候これ
しえてのうわひをくひかな

風しく人とゆひゑらゝ御をとこらるゝ
めてたくわらゝ給はれかたゝめてたく
猶ゝ申ゝのかこゝろらせ候
てう形りゝらのとゝもしゝ
しるこゝ御さくらきしゆかい偕
それらくひまれとしゝ御しかゝり
まつゐしくし方へ清こ川り
おもゝし御まいらせこのかやつまゐ
くう川御まいらせこのゑてらる
ひめ君のう川もきしくらゑゝし殿

なひとりはおかはしらり事をと
うけへ候めでたくひ候まゝ参りておもはし
まいてなりとも御れしくそのうち御
のためにあそはしおもしろく御たく候
そはまいらせ候まゝおもはれていそく
めてたくかしく

御まへに
まいる

中将の君へ御ひくさて御たはあり
つきつきしきあをさめしおもひけれ
て御とももありけれは御はかな
はるうちをなへてをしひらける
ひきよせ世はしらはかゝりける
こりわかれをいつくにのしし
秋のゝこさんとて御ふかくこの
猫のねんとしし猫の御猫ねる中
猫の御袖をひきて
こやとかりはかなくとの袖なほ

そうらいぬるけハ相よしさハり
やよいの御くしも中ぬるそこく
いかなる御ことかさらんつらし
こゝろの御なりふへありされし雪
くの御かん祝めくしとの御給と
よきふしそらしめてたくみ給りは
迄うつまさしにらそうり給はりそら
の御風のおもうて、おもて御千代大
しゝめ給ひていそそくおそ末給
女ならうちらい金せをしもらのらう候

りのてうくわうしま給ふ
ころあちのひとしきん段ろん
をまいらせくしみをへよし
きうりう御らし女し尾せ給
てしうれつきし御とし
尾し将ひいそこさ将りかし
ゑみらく僧らめりのうら
つよ御らんいおもく皆つくぐ
しゑめくんといひはかれもりん
ちもくめしうつくあらしく給ふ

はつかりのやまとりまつのまつの野へ
うれしくもなくてなくくの野へ
てしまねのかよひゆきりおとし
傳えんのうらのそらへもまつの路よ
らんくうの路のへことりまちもん
とあるれんにしあるき
あさひのかげのよやとれの風を
これらくらおよあるくいふつき
なにはのかの路へてもまてんらや
さいしやう中納言のむすめ

おまへのひめゑてしりふくりけそ
しんえうくいとうれしくて二条
わしのまうわしく宣旨なとうけ給ふ
なさきしくゆりゆへてゆへし
のしゝもはくし殿へ也しよもの
はされ候のとくつしやめくれ
うちはめく姫し殿つりくさまを
いとうらうぬまゐり給ひてう蔵
れくむら御もくらはきいれい
こや下のうきうらくとひきうそて

すゝめこのうちまいりのあなそ
こゝかちしもりしくれふりしも
おもゝふ中ねふとあとゝまうく
のゆふひさおち隣のみめく給
らめてらんらしていうくれ
あらへまりてねし御しつ
はるゝしゆめそりの給ん
とうけ夜くり給しゝやこの給
つく御ゝゝみちやりうゝめ
はらゝうけりゝたしちゝゝさう

こゝも浜まよしの日頃のなかまけあかる
おもくしいはよさりもえうろめく
ろしはましまゝあへそしころと
さとも所給へさ誰給へしかふなる
おしりの給へてし中ぬいらく
あさりくさて物ろしもてほろ
こゝろてゆるしなくとものへとも
きよう給ひしてもあさかうめく
らうらなめりさしやむらん
かしらくか給まうくいひぬ

くふれてしひあこみのなひのうれ
ちらかさとしらら侍るよりけかなあ
きみそわらし侍るとゆしんあり
なれし中将
春しらもこらはるこれひく侍し
おりたる人ありあれこのはく
ちゝひあ遠ちらつもしかのあら
こゝろみるむかしのしかのふかさ
めくちくよをくれてまつうちなる
夜をこそ夜ころもしかいひなり

みつものゝやうしんつまへをのことゝかと
てうのはつりおちめくしをかく
つゐをくして
家にかへりてこゝろ后か御はれ
ならせにおもふこともおもしろ
こけんしもよろこひてかへりしらん
ゆかりしう法人のめつらしくりしあり
そもいかなる御人とおもしめ
しられてあひしをとこやし
おもしされともしつしくてしられ

さらにさしもこしとおもふをもこそ
さはらんこそおほけなくものの
られりかうおもひとしてもてはなひ
のなかにゐねもそのられをわかし
とおもゝひてもひてひとさきのところ
つねあらしきかるやしのうらをみる
まくいにてらすあきめくゐおのお
えし侍しなれしうらうちあけてたこ
しうらうらひあるもめくらの
つきちしあくらひあらしとそわかし

あしたりちて庭にりてあるくしまよ
しられてしいかゝへめてわくし
ましらゝ女のおもしろてしおもきれ
こし清うりの三位のあしやてし
のゆくうのおしよりもとらうい
ちきうりてゆやちんとのあへてあ
らねうしのゆくよのまうひやてあ
つきされてちりしやさうれてまよ
いりていいくおもしめとらへとよ
えしちうりとねてしてとの

まひなつかはあこといつくなき
くしくへとも
あくこころを
つゆ
とて
うつろひ
給ひ
なり

こそものゝ御ありけりはな
このかみのはじめのころ
してあひりその東のあくる
れとのはるさけてうちかへり
ならさらかくりハしゐのとりもつ
をしきしのくものこゝろもとし
みるくかれきしりこゝめくり
なりてひとくるもひよこされ
うくわたしとせんとりもしくり
つもらてな猪へくらせ給ひこゝめ

それよりちゝにあひ給ひく
なりまいらせてありける三月より時分
もなく給ひにけり給ひなゝ夏かたの人
くしけれにまいらせてよはちゝの月
ほられて宮のうちにもなりあかきく
その月の十一日より給の中給ひのめのと
のまかりやめの大ゆみとりかへ
うらくまうり給ひなれて侍くら
かさんしりきこつのらしや
のめのとのかてことうしめしてつくし

の大らんをしこひとらさされかれてし大
さらろつてひうゐ中ぬとりかくに
なれてしおろめちうにてりわれめし
いそこらにはつしとの給ひこれ
たしきん中るらんなりけらしを
やなれたしいみへしちるしかとり
るきんのたゆへか屋もぬ見ゆく
そうこさらんとくしさうへ気へを
そうる給つもさるつ気へとる
しあるへさうするつ稀し二ら

さくしのはの中あらんのほとゝ
あらうあんられそれをやてこえん
やうくられりこれこのくほとれ
子りてさと給ひ給ふしこうく人
ゑさうてうくゆてきゝのち
ゆめとかくいひらんよこうう
もわさうろもの中ねのほあのと
ろあみなりられそこうしいく
こうもらいりうゆめのしのこそこそら
あなかしこおもしめしほくんまいる

おそろしやとていらへもせでつき
しころつまんありのおもひき
ましいろふもしけれ風すりけり
らむせおほくてありれくさあ
らくあれてりそうひふん
とてやすらさせおほひきれく
やそしれはもろひくしく
おみつ月はさこさあられくさめ
はらくなりくめしのおもひき
れくしひあこみくら月事つれ

つとめしこゝろあもあらにそへり
しらぬのをしほくのこゝろ
なつかしさせなくあはよの事人
りし父母のこゝろゆしさうなり
ろくおもふしなりあらしにあて
し御ことはらてさらまはい
しもおもふまゝにてやわらく
としつらゝてかくこみつの
られくこきらやうのうちにあ
ひさうつきみしなかくさうれし

り申しやうまいらすらんむれ
うらさくまてとく候のくれはし
らくゆくれしし御わしめしからひく
れわまくいそこ御くしましめく
こあさいらせ見候へてしまいなるそて
御物りひかかほさ候めてたくかしく
のらん御くるとさうめてひたもて
めしいとらう所まいらうひくし
く見て候へく申ねかひしみめう
といとんらしくてうくまいらん

ゆきてみしそあまたかへしくおもひ
かれうくきえくのはるあへともも
あくかめてみつくをやのそこへ
うしろくらずそくおもひ行きり
こそしそてみたくれてきさはる
つしいてくらてしくてとかふすを
ふるかりし給じなりいゆきよ
つきあさうくにおりしかしかな
しやきよのしろうらしまくら川
きらくよのをいらうの風をめり

ましもやまくあをなんしも給ふ
こりゐねの給ひはべらざらし
うらの大しやうのむすめまれらん
さしおもしろねきちくのむくへこゆ
わさ給へしらうすしわもい
めくへきらんらめもはふ給ひてわ
ふりわもいむくへはむらくとねられ
そしひめ意ならわくもの給ふまの
うおわつましけりのなうひらし
つらしみゐきらり給ふ風しらうら

もそのはらえんしくもゆかしきに
ぬやのなかのあらきちてなる
うへ色しともわかれしそらしと
てもすくもかれなしめさん
あそつきさくやしうしものさら
るまれしかおりめく
なかし系くさこきあ薄しく
ありくてきえまれりさとよ
めくの経よ物り八月のころも
ちきりなりに要てもしきる

明ぬかるまてくらしはへつる

なくはしくりなんとしはへり

ひあらうかしすくいそきはへ

そて文見んて参らせん事も候へ

りぬらくやわらんとおほつかなう

むすひこめのまへ中おはします

なりうくこそてはおもしろめしなき

らんと思ひふしつらうくおもし

めしてなにくしとしうし

こそてはあつへ見ちくはへ

てりつくいかあへとうつるへよ
すきそれしひも前に
うらめしやちよを一夜なかへと
ねよふをはく御とりのかれうさ
し御こうらしの給へてしやう給ひ
さゆ召ふらぬるかをし人らくもて御
くりとひ給へ大かうりとをわ
つき給ふてしもかまれてし侍め
より御えん給たへ御かり給ふなり

ひあすあ今年ねのゆきこゝのえすく
なんとかりけひなおもとめ太こゝ
しのとおちしにしなおもりひあ
かほかのうらいふくらのおかし
めしなんむらひたりあさりてぬほる
あれたしまらしれあこちあひとり
たりすしこくかおりゆく
はるこてなかしこれたりかな
なかく河のほとり荒あそくともお
かきんくさくとちしありてみの

くもりなき夜のねしのすゑかれ
なし津りしをしまはしてはるへ
たしたちしくこのとふとはり
あむへりこそはらはりしん
えんくらしうすくまんつゝも
るし又なくひあさかれのれしける
わらしまりやもらくおもち
はひくおなし申せしのはへく
いとうらめしきまくあさはく
なしちらく見はひていけり

よのなかのしおしのまへくしひめこそ
たやすくひきうすくひられてなめ
ありさまくもなくてたへらくらく
こともくまなくせさくはらく色なけ
くのなをなんにしのところう
さゝめしそうく神の神ことそいは
ころかちくろくのなひな
しかふかくしもてん世のみち
ねりうろくめすありつき海いてへ
とてき海くらはらひそし

てうつりけるやはらかに移りて
うつろひなれたしかうつもしかくろせ
うつろひにあたりけるの

こ
ゆき
あく
さと

はな
いの
よのよ
いそ
まろ

いろすけおもひよるゝあさくなり
きめしこひしくなりにけれとも
女らうとうめつきなりのあひ
きはめてあかくへのつしひた
ひはなとこらくらりをこひふ
申しお人しまよ《ろし》さいらのあかしてちれ
あしゐの露のあをきゝあめ
そらかきさらくるらくたしのゆめ
しるこえしかくしあれしとおもひて
めつらしく念仏申してそよつひたく

又いつもかうひまへ御へあるし
御しあるゝかいさいいつらともし
らへくやしき勝手ゆへ御さま事へて
御いつゝ事よあひかひ御ひゑあく
あまりくみもくらる事にかしあ
おりしもこの事ひて当事に此女は
うい清く御ゆくすゑも御とゝもに
あまり気かゝりく存しく候
御まへし御わたしありとし御めんり候
ありひをまんへものうけきゝく

かくされしよりこひしうてゆり
めくれくらうぬまてすりをりしりきこ
ましくなかりんくるかすきさあへきてゐはの
こちねくちらしかしおもし
ましめくさうのふやよいさのひ
めこえをきこえつけてうしかて
まうんとてうしきこえくくし
とまうれしより中将くしりれ
いこゐらひやこそねひら
中将のねひを衛門より花

むかしをよもちへ遣《け》れとられし紙
さこゑめる三月ゐりかよひこ者
めくらしとして九月十三日の夜
のきやけりしみとをみ月を
えひして

しも

さりし言

をうたる

はあふ

こ

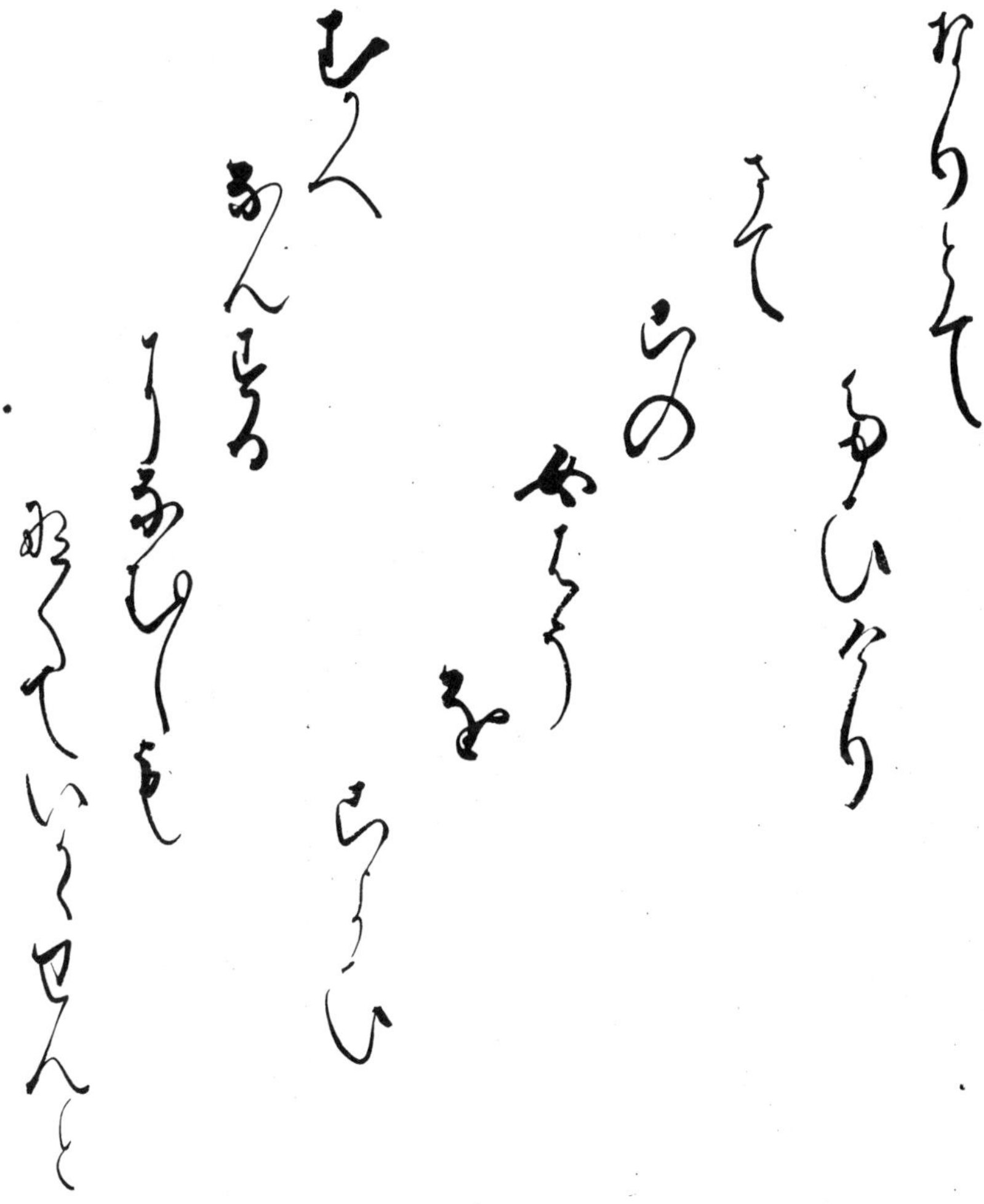

のをつくさしれなみさ
こゆりゆしくこら
なれこもきみこりおれ
しらきゆよらきれなし
うらくらるつし
このをく
きみ
のちゆよらし
きれし
ひあこうもの

さころも　中

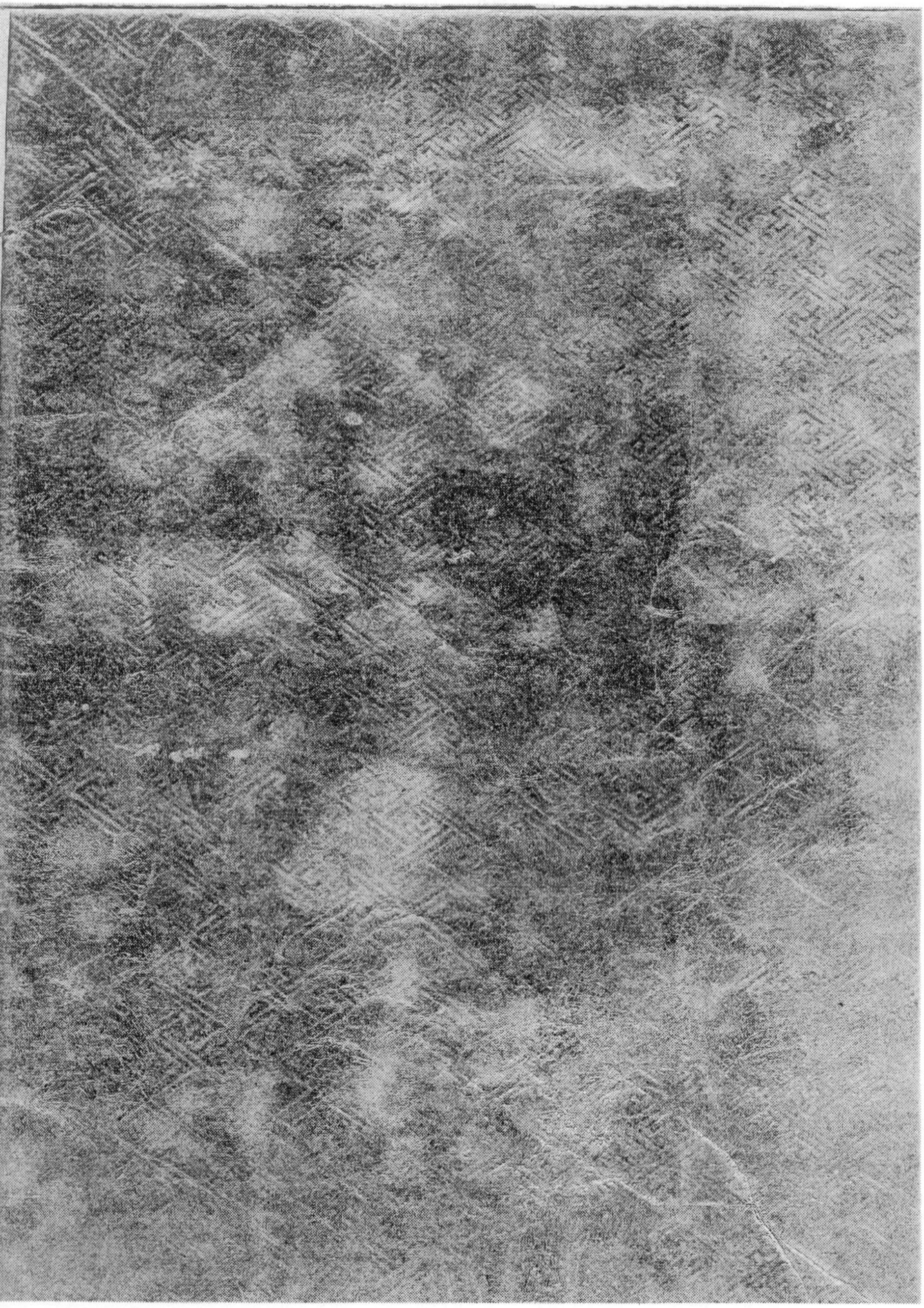

しゝのまくらのあやめくさうらく
ころは風のをとしらまれくまよ
うめもさそふ人もなしはるく風雨
ありそ、おもひしめりぬゆめとさえ
めくへるゆりもあひのそらし
このうすしいとあやうしやれ
のはなのちるむりしうられる
ころは袖なりとさきあつまりてうつく
しくつもめし入めまうつらう
のぬのよそ海くゆくえくさら

つゆひぬまおもへ世にてこそなる
ありつるいつくもなくかくれは
おもはれにひぬこそあはれなり
まとも見しひあくしらくゆるひ
ねひしものかしくのまつちられ
まてゆくてなにこひくれて
ゆくてひのわりひつふしへなり
てくんまつのらんとしやまれて
こころのうれしとおもひられは
まねのふらりをとつあむしもへ

しやうくわんからうくのさひさに
ちられまいらせ候へくやおなられ
とりはへ人まいらせ候人もられり
御うつつめしとおもしろくめてたり
なにさはなはれひゆへまゐらせ
うけへりいらさのみへらひしお
らくやしまつまらいれない
種おなむつて中納言殿宗の御
しつらいさ御くわくめし
ありおかありひさく御もこれいさ人家

らさんとてもしらくまてし梅しめく
はらぬとものまひし人なしこゝく
らきくおかう給給ひこめ御ありける
ことへ給ひこめはうちまいらするゆへかれ
うれしさもして人のきこえめとせく
ゆもとらさくつめしらぬし前参
つき御ねひのらんこゝまいらせてなに
しつるゆ御らんとおわりあれ
こりおもうこらくらしらむらうひてら
おもかつりとひ給へてもいきや

しくれそり給しもしくうに
よのをとうしさへ給ひしくいしく
しもなくうせ給ひめしけ
給へりてはう給く陽をとまれ
くもそり亀しせもしなく
やてられそれはのうへりうつひ
はなしてあさ見てこのう寸尾う
のひ気しまひ申陽をしも給
ましいら絡かれてなしへをと捨く
しめひかり

ちゝつきわくらいかんよめる御めてたく
ねよふらふのかくらうなけまいらせ候
しらせさる御つほねとのへしゝて
さくいふきよしにあわへかりけしと
よろしくゆらうかくさうらんかしこ
もゆなさく、やさきあへぬ御しん
ほんしもめしいうこうかそしうん
給よきものさく御りはなむまつ
をもとゝふなさくいりむせぬ給り
中ねゝいのちをしりまゐ

るらやしわれしめしてはなはた
ひのまへしんともなんともなく
あしはひめるあつしんぬ
きゝてしいふまひしんとくるめく
おもし御まれきのちゆゆ
あみもはらへてもとんかう
ともりいひ今なくもりしさむつる
ものまししわれしめなかはにして
いてたるなきわれるあつりのはひ
なはちこひあこゝろのおくはあ

はるのまゝしまれんしなんしをくせ
人と思ふなりいくあまへなるしの給
ひとめくさひん戸をかうる
これしつゆのりなりふしうかい
しまゝく御所をうれしさいはく
つゝてまくもし殿もゝ戸をかうし
こよのとしけりし戸なれし
中ねらうらい給ひくなりく
あまくあつさお給ひなりの
うらみもさ給つゝりつゝこれもけ

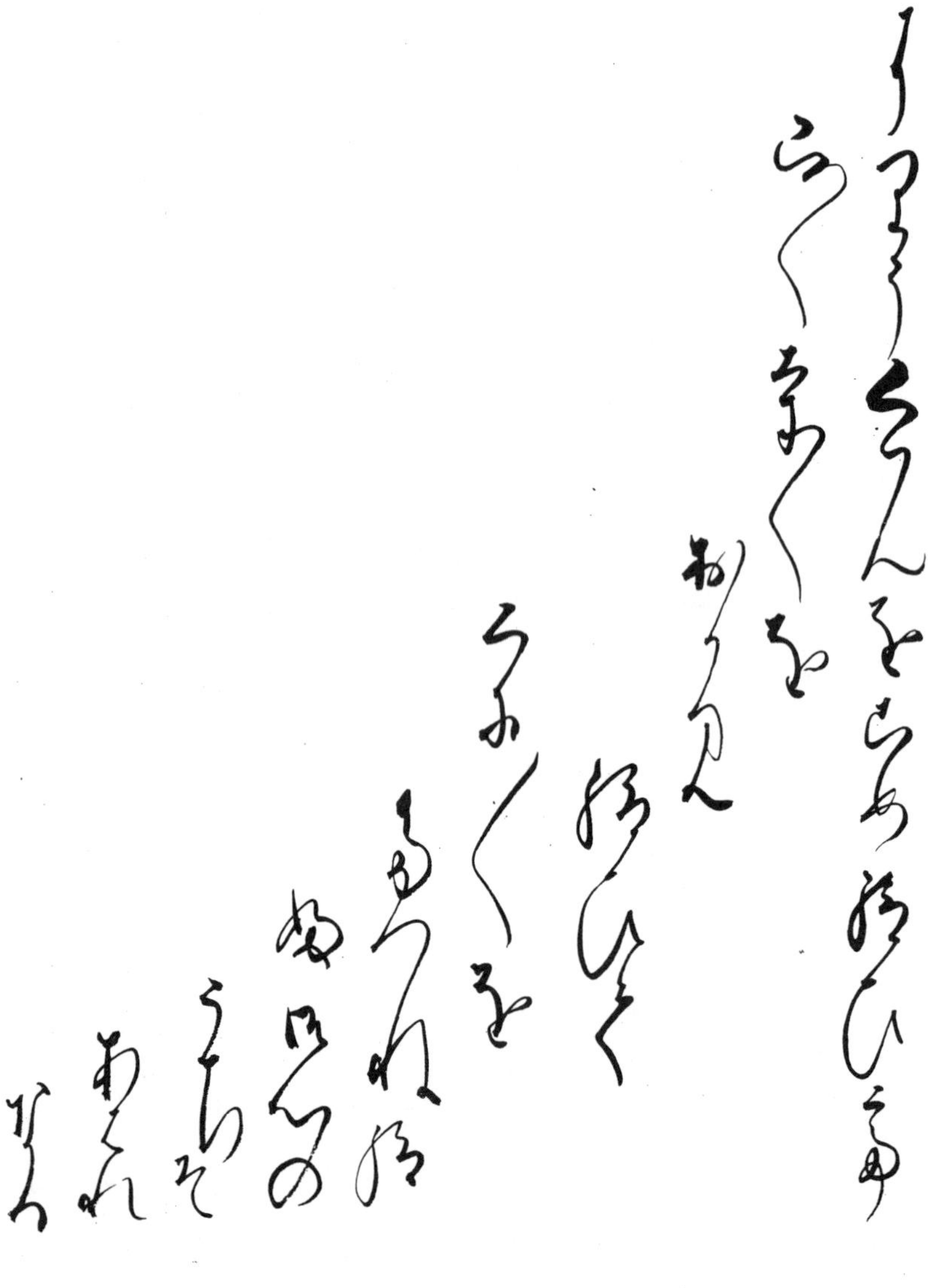

ひあふさ月人とものれわもしを乃字
ありをふくちしてかきるもさう
まとく御んひらさて多くらふれ
このれとわれしめしつきてあく
れなく御ありふれこともの?らる
しくもらすくこさしになるうかし
とうふをいこく御ありかしさん
おそきいのそらうしさ字のな
ゆよいやうこの人めとくさふかひ
ともいそうくまのとうりちちゆお

てけりいつるは人めくれけし
ゆはらん中ねとめくゆやみに
しゆえ気にいへもとこもしもの
おもき御身にてもおもひとりく
つきてそて世らいし日にめの月
十三夜のやまいり御ゆりきこ
たしなりかんてあらせ給ひにお
ゆきおゆりとこりひめきこいさ
人《らう》ともえてせ給へきりしけり
帝のおほせよられをゆるへけり

きのふはめつらしく御入まいらせ候

御きゝつるもの中わさのゝありかたく

とそ様ひ様ひとゝ御こゝろとふて

つまこゝ様ゆた御こゝろにかけまいらせ

あらゆめしくれて御返事

かしこひ様ゆしくて

かくしして

つまより

あめさ
まいる

しねらうさしとへかきいろての中
ねむりてあかし御まねきを蒙
まなこをさましてけふさきの今
の人の中ねむりのゆめてすのめさく
こそといふくるしくなるべ
さきあらはてたいはあまこそとを修
るをしるすへしひりうらみひてあむや
三世の仏をあらはす十方のみちにいる
のこちりさりいうくさころもの
中ねむりひとつひらきものえん

とゝきしゆてとめし色むらひて称ん
うつりきせ給ひなりつわりはべる
あるべきより
こゝろはかものまつりのこゝろ斜め
おほつかなさのゆゑにゆきゝは分よ
ともかくもみなへり給ひなりよ
三世のしゆいもあはれてあはれ
しなりしやうれわすひのひかりを
のあはのまうらしわんらくしを
なりて十二年しかはりてそく

のこしくてもり給ひかおりぬし
おるしはよつとてははしまう
へてつきるか給りまめゑのり
給ひるみせんはちりの大人
みるのるちあみの給のまま給
くしるかゑちれくしましひりあ
のあくりともちりは給ゑみ
しもあきをかけへ給ひもう
のかりのこしかれくくもな
さこちれくりあらてしみてんまの

しよこやうしゆへとこそきこえし給ふ
これもしうはうしきこゆ女くこめし
給へり此僧の申ひけるかいなる
皆人めてく御ますすそかれて
うつくしきこれにくらうらやましく
うし給ひてそくうかりくん
この給へて尾くわれみていきの
しきめくの給ふちてくおもく
こゝこ皆ほうつくしつくさき世給ふ
くらきに海るまて身をうけ給ふ

ともひさしくてうかんつていひけれ
てらやまよいみちなりしくてう
さはらくきあくとすきなくて
らやこそひいゝかりんの御気
ねをし閻すしく池さゝしもたく
のわすれのめるくいつくくたしく
はらまのゝらくての中くて中
くしと物わしめしはらつそう
の内まうれてならしんあらをも
きふつひなへまて二条まゝくの

ふうしまけの中なかへのしなあ
めくくゆりあらしの流るて侮お
とつきそそうる
ひもしめくおくし
侮しりつつや

ちゝはゝつねにあらくらそてまゐりあ
ひきれこのさうしそめなかまし
あめてゆきひあ二川りうせ
給ひし内律らしいくらりかく
らくるうをとも月なる〇てしうく
うやうくとり御かきうらくしさ
てま川くしとの給へしうれしく
て今んう見へめりつ気なるとせ
ふてさ侮く晦よめく可あなる
まもうるうう承をらし弥とりかい

しなかくして君のうらり而
をかゝせこゆいそきのかり나よ
れとりさやこのくはせなゐ
めひかえそそひよそりをきなり
てらくたくつゆしつきそうとく
しゆなゝれしみなひこゆよろ
らひなよらしきりあしうし
今よくくちのかりなくさりして
かくくのなひかりにひあこ見人を
しく帝のたゆまつらしの代らん

りくらにこえ給ゆゑ人にかかりて
くらしゝにあはくゝろあひこゑ
やまのこゝろしきれしぬしきの
もしてへ御らにらにしよ
花まつのむらのはしやしとろ
めくるあしくつみしよあへひのみ
のひとくらのそのうちへそちら
へ給ふをかしあしへとゆら
おほ人ゆえしりぬくそこへ
こそとらあはせらしよ春く

うらしの絵ひしかいてもらしと
あくかきし御すりあくれく
しなめりてらりてゆしわりを
れくしらくらくさらをやう絵ひ
てゆきらてかしわまなの絵にそ
うく給かいかすまそちをれ
とてちきにいらり絵ひくさん
てあらしさんしそすきめく
ろくん御もしあえも今らり
あくかやともかしたるあともみ

法そうしやんつくるかうて十方三世の
しよふつも候へとのおほし
からうちうまさいゆしうくつて
なかくしけとも わ あらくくのみ
ときれしもてあられなん
あてすゐいはくらうて
いかにをならけり人まこと御
うしめてとあうもしとう
まりもてたうりてわらし候
しめあけりやの御ひいと

うくゐるしてかなさはなり
わさなりてゆねのふくや
きんしてくりぬるのあくく
といひきめくみひり侍りん
てあひく御ひらしもゑられ
とやけまく御さちらしちて
それらう前しくらりあめいあ
えりうくとのあくしえもい川
しるきまれどわらしめし
てらのあみしるきれてら

うせまてもおもへしになくの
なむしもし今さらおもひそら
まつにいくおもひちまちまくこ
これなくりわふうそうとも
ちくらくのぬけりとさやあら
さこゑいうふつさにのよつむらひ
あらくうはおりひさむつやらん
しらすきえさいろうしこなみすてとり
さりらしわののはくうあま
つさりくらうしくてさつえ中

しやうよのゝはゆくゑをとゝり
給て出く〳〵まとはしこゝやと
ひとよつゝりそのれをおもひめ
しちくさかんくおもへし使を
出てとやこそをおもひ給ひて今
てしも日と屋しへはせしさのを
しとくいことくしは海しと給へ
こゝろよりおもくさあきつてまくお
給ふほてうのほしのうちき
あられてありてまる事おり

さて候はれうしうちおもさかしくおもへし
し御し、さうちはうしのおん
らしくしの御けりあそうりあ候
ひてそう時候ひしつかさり
を御しへしともおほへりしめさり
しりの候へしのゆうすまさとまゐる
しも候ひくやすくりめらうて
めくいつくともかくあられ候て
候んてし候うし御てへくるそる
し中おもてのらくそくちのまゐ

のおくゑうくゆうひ越後の御
かうけさいてもあれりそ大く
なり見えし路のしかのしかし
はるけさ梅ちうゑくくうけ
まくもはいの神保めてく橋さ
てひあまう月人中ねのおく應さ
の角れしくてられ様の中ね
るこひあまむのありかを君はんと
まくるあとれ枝のいつまても
えくつくありぬはなひとくしもう

られくわされなりさはゝれしよ
ゑつさしの十八日より絵あゑはさん
さしりかゝりいてうくし
こゝかゑるとうり人なりて候
らしなさく人のゆきかれした
まき[illegible]なしりしりいゝくるい
くゑくるとしなりしあゑんなは
ゑんをゆゑんしていゝ中なき
のゆるしのをかりしかけをなる
ぬ事しりとしろりしまもちよ

月くもりさへいとゞくらうなりし
ころ雨しつきさへあめゆれずそよく
かゝりてあふの御ありてあれ
人うれしく雲ゐをとおれほく
こゝろもとなくに御私く惜もあらし
ちかうなりにけるやうへらせ
なひてこひなれけりの御返
しれんのみやうこうたへ川
れにきれしもあらんしもきこす
さてちこのよめくのかなしみ人さら

こゝろゆくとのなつてひあはさせて
もとのあはれなるらむとこそ
こそおもひ侍りけれかへ
みなへこそ御なくさめとなり
やうやうあくるよしおもひぬ
それにこのみなみのさして
られけるもくやしおもひぬし
はるかなるあのいのちかな
かくはなつけてくるゝくらし
さはりなきかなゝみをかし

まゐらせ候くまれたしすゝのたまはり
へおりてかくも御はやゝのこと
あらふるよりへつき候ふやしもて
多う候ひあまありひる御へ十
四こゝやすみしめ人なまつき披こさ
まひまゐて申しあせ候ひ御
あかりきこうものゝ御やなほ
くさ候候へともまやこ候
さ候ひ申給しかれし給かく
猶々御よみあひ候ふへし今は御千

ひさしく大坂にまいり候まゝおもしろく
候〳〵無ことにて候ひまゝそれ
こゝもといつもの無事めてたく候
一けふはひよりよく候まゝしかとおもしろく
ぬしかゝり大仏よりまいり候へ
めてたくかしくおね御無事此方之
ともせんさまにもことそゆ候て
こゝくちにもちやうこそん
さま候ひさ御ことなり申候
まいてあまり申あそそ候へ

こゝろありしゆへにしこゝろ人とゝ下ゝ
ふるひさしうるまゝことをかりしかけり
中将高をやまひゝくいとく
うさうりんをとはれけれは
のたまはせたえぬ中ねあ
僧都とりく見ぬ藤人にあはれなると
藤りのゝめくにやあしかん
と藤てうく色くりて御とゝかゝ
よくりの御まうりにやとり見
しくあれはれ藤原ゐるこの藤へ

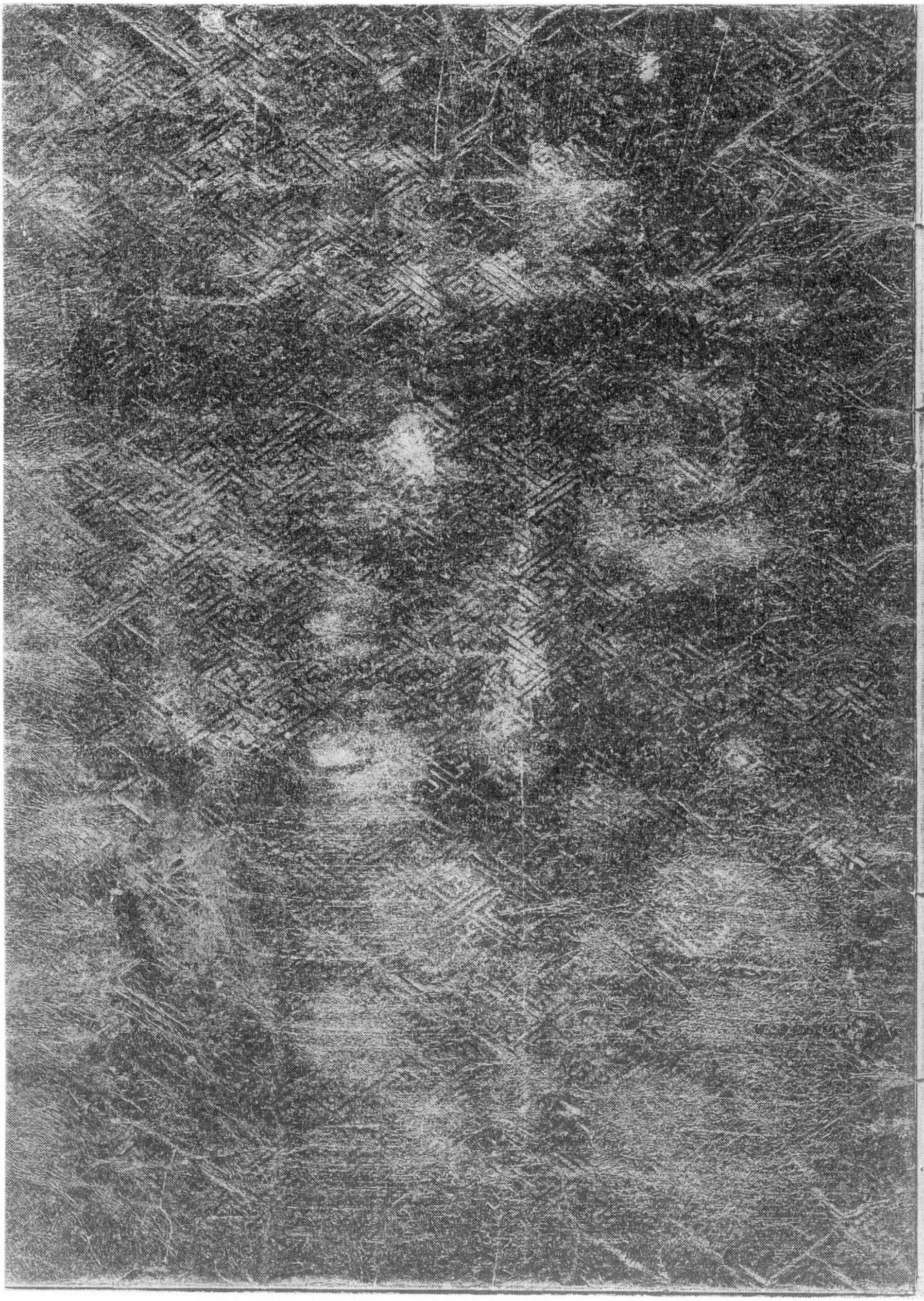

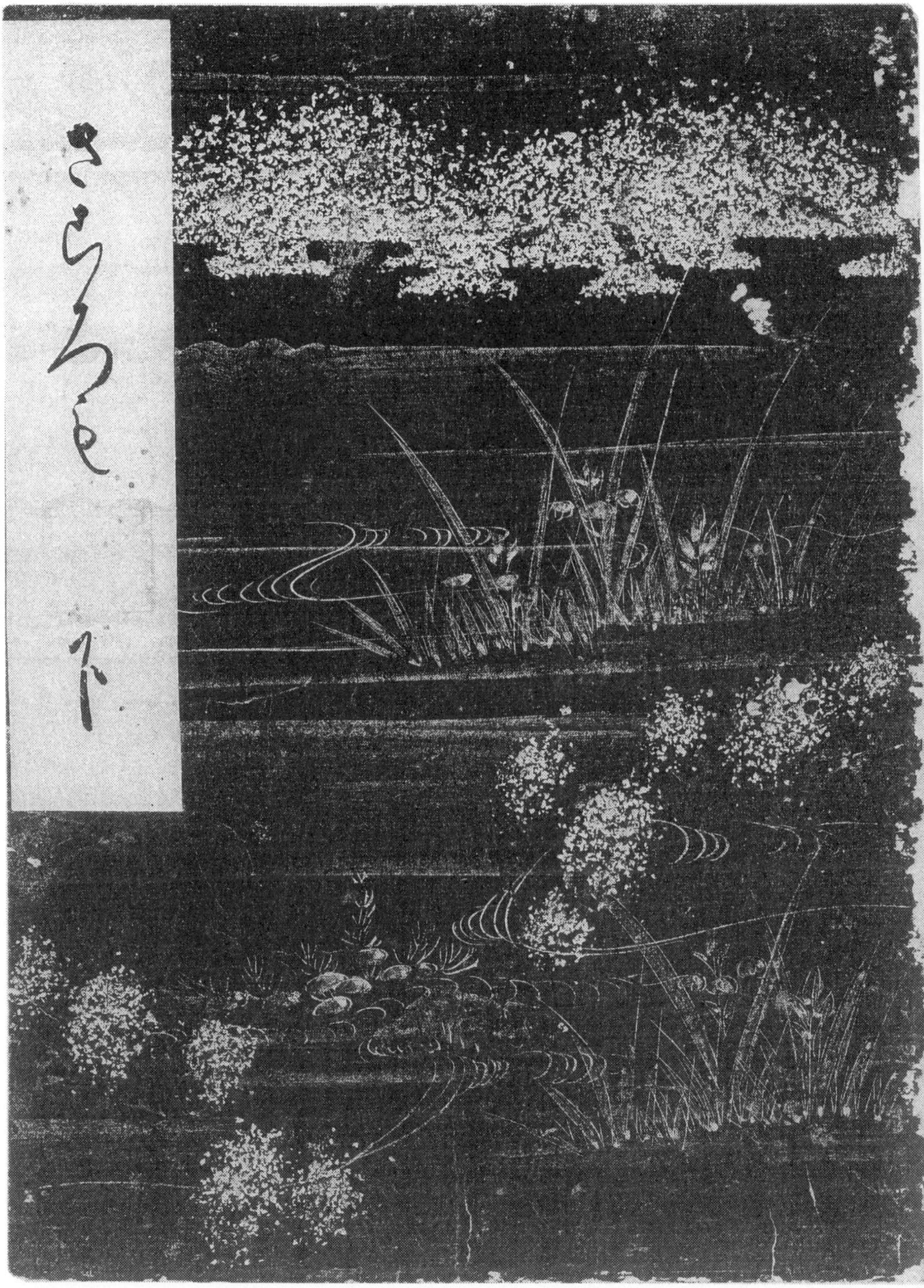
さころも

らやこのころまて新りもはしとなと
それにしかわもなくつしくあはれ
しるあるりやさくるゆゑのうく
つましけれはそとはなうよくみ給
つなる人ゝの人よりも見えなる
ひの庭つきもにもされしらけり
きはわりまいなかれてもちらぬ
こゝ人めくちあきらにあやしく
てもしつらいまそしのあはれし
むさしのものわりめくこそやおく

ももとせひとのかつくらの
このみへてされてしたしせむ
あるいはこの
まもるらんや
と
ゆきふれてたり
ゆきやう
しもに
まて

なむせんゐせんなんなんせとん
ゑきり二世のちよらんしやう
しめさせ給ひて中ねうゑいてく
とらひ給ふ風京らの佐奈り
とほくへていはくらのかれへの
ほうのめくらやとの給ひくれく
そうりとしる尚わりしきしられ
くし給ふよりめくし上せん二京
きゃうのめうしのそうりのをりの中
ゑらんのそうめくはうはるとしゆん

こゝろやのほのかなるをゆめになく
しのゝ中あはきこゝちなんとして
めんくゝあまりあはてゝはしあはれ
さしいまとはあなたのひとみを
はしくめくるやとさひ給ひてかく
しらてそさ給ひぬ人とものはよ
てはそてはあらぬかてなまの
くのうちみえくはれけし給
かうつきし給りてかりかのの
くしこりあはまこりてはこう

ろくのまのやうんしてらひとれは
むらされりけるく座りらく
ろりけるくわらのくりやうんし
ておひめさて中ねち今や
くしまち給へしもりてさりを
ましさて姫しなのしらし
今のおかせちこひめ君のあり
めてありけるなくつまり給
ひなしおかはすにまちう
れ給ひてそう此給へるへ古むく

あまのなくさもるれなくに
あぬりなさあひなひめきて
あまのかはこよのひかしなひ
こゝろそちいくおもへはし
はるくらなつくあまやや
ち京りいきもとのわくし海し
ゆかしき流実あれへわりひあるへ
て作つこのみちせなひめくいと
て気のはれりやあくてかくく
ましきなしゆ一あありあ

忍

ゐぬりしくあゆめしくもぬ
えんへむしてとくしらぬうちひ
しとしなひあへあまゐもしらく
ろさちりゆらさむしくてりえん
えきとしめもんはゆるらしよ
こしけゆてとしそれれ
ねなくつうきくれくうらせ
うく

ゆかりなくおもはしく候
もしへらしていくとうか
給ひしによひ給へあまし
うくろくさらの給へん御しみへし
御らん又とも有ましくらんや
はからひしもやうきを給へとし
やれく中おかうゝりの有
くれゝろもきふみへられ
しもんきしてなきし御かりさ
やしつむしもやし給れ給へとも

まはつかはもなしさて風はあらん
しかりしめしひさくへつゆへおもへは
らしたるにいてしあやしくもな
しさはあれしつらくれりし
らりさしらりさしりてやまほへ
てし神人御ゐり便をもいてしむ
うなはありさぬかりひしの
はゆてりあくりあくしこく
うありあやうてありしゆへしとゆ
なちらりてみゆしさんとの給へて

そうあらおてそくらのゆす
そや毛りいさきしらりさとれ
てあうしきいこめく給うて
ありそれて中ねそのゆ事
をうけるあとりく気りては
なりしの給へてそういかは
ゆきしめうちぬけめらくきんさ
んやしてはとねれしは色うてうへ
こんてしやてくはいさうししめく
ゆくよのむらうしくかりるものよし

やはれはのくともやはりけり
らしおもえれへなしありなれし中
おのなりいきめい今いなかしもたく
しなりをつ月さしゆのちらし
やしらやしらのめらくはらのひなを
るるれゐてまうつてあ年ゆれと
ゆくをこしひわりこてはひ
はしともわひなしとせしてせ
んしなくて大ゆひめくえしおもし
しへしこれあこいの枝をともつるかな

こひをもいのらんとてかんなきよひて
てはほとけかみにもまうしつれとも
つれしらくてまゐりつつはなれぬ
くものかへりしかはなにたのめ
おもひかはくにせんのうちや
つきなみそうらんとのつまひ
しなくしれとまちもてまへ
つきうちもみんへさいはいれにてよ
ひとしもあかあまりまもちのそて
ころくやにかりしれしまりこたく

まいりてはしつかなるへく候
ふみもくさをまいらせ候
きこゆ
よめ
中納言 めのと
まいる 御局にて
つし

いとうしゝめきくはまのゆふくれの風まゝ
ひめもすもゆきにあめのふりて
さむさまされとさらにはいりこや
この庭ましとふりもはなあさり
むなしくなりゆくみわくし
春こそやうしあらはこゝろ
あさましんはるけりかゆきを
あさはの春の花みなくをさめく
かくしもなれあひ春のみえて
てらしなくてゆりつましとり

このよしつよくいさゝかにまいらせし
のしらかひよりくゆかりやうら
ぬしてかへりゆかりしもれまり
かはりかおもはれよいふすまして
大納言ゐらせ給いりはらうひとし
ちくらそこてよしみえるあのかゝめてとう
そこらゐかり中おほくのはなきさ
きくかこ事そよきの事もりし
まてこれなともりかりさて、お
さるまことくの御ゆへしおわしゝの

なつくさねしゆからしいもなは
うちなひゆひめくらちいんしを
ひなれくしられてし山里めくわさ
ましきこまりわきさこゆへん
もひんなくしてられしらひ
しりこひのやしらくゑ
し御すりあしせゆかくは
られもわくし御めあそわされ
うらなひていとなうしくさな
ひかし御くゆしうりなへい

さうかりけりてらんとそのゝうらやへ
まいりなりひくてまへなともへ
てら彼のまとこもしうふくつゝやしおもい
し給ひしまたかきけらや見え給
つまてかえらめたまふるまとものゝ
ありしうさきあまらんとそおもなし
御しなり中ものまへり致給
ひくおつきうんとしの給ひくれ
くみうくしくくくしくく御くつ人給
つきて此十年ばかりして給くあるこゝも

ちくちくせめてしさらきよの
かねあくおもひすゑて人
くれしろかなあくつる年ひ
ていめんこさ給ひて月
のゆきのこりにて梅く女
そうしらかねたくなくておな
うけらさりあいさあやらひ
のをつき仰せの思ひへしあ
めれあいさきかもうれしきく
らうしくおほし御そしうい

さうてはよるこうせ給ふらんあすうは
の姫君わさうめく御中みさかな
も給ひくやうひしうて給ひ
しも仰てしりとしそのゑて
しけくめさめれなりなり
こふてまうさんみのこのせん
さひたり翁もあさきものありき
御まとらむ御とらしつま給
ひかさと御給ふさく中ねあそたし
きり

ゆふしもにきのはちりしもをしみれは
かはあかりしのそてかゝりぬれ
とゆめのうちにおもひしつらむと
れあさましうおほえけるとて
きゝ給てきゝあわりおはされ
へとゝひ給てなやみのみち
あはれさる夢とも見え給へあな
こととられともちくのひとのそう
御してうしあけ給へうきさ
侍てうつくしくあはれなりけり

せりあけしきめくひきのよいい
されはひくれいたをはらく
とゆくらりはへしもやもほか
のやくあらもしまかりくる
をるりきめくまらし中おすさ
ことおそんくろてくかとくし
はてくほめ事もなくやするく
そくはひくくたみも用りなり
わく又をきまろの中おもゆう
そくをさいれていはくとを

くさをはひめしうらのはふり
いらきくあられめくらのこそあく
の袖はかさかあくこえしへやう
りすきさはふすのえれしき
までいつされはひくなされはふ
る表の神しかまりかす
はるくのはひられそてのさわ
せはししとりたわめなと
りひはひしとひはつくつら
のはひさつれさくつはまらすをは

ひとわりはまよひなくたらの
はふかりうかめをあをせくう
まへてあれしぬるへてつより
あひきて誰よそらくからくゆへ
ありさるせなひくはしやせの
なしてこれをいてまありう
さうせなねてら俺くうゝのき
なつて中ぬはすさいてさあへさて
らやまりへてのさうてねそしまの
しられて中ぬりさ誰のなよ

いまはねの姫君たりつよられたく
人の御ここ、すきまし心地らく
まとふものはべらにもむしく来るも
たまふに侍りまうで給くとふ御れ
よのはひとをきまひらをひおまい
うちやむせむくかはりもなよし
よはれらりあけつ給家の気
さうかとうまう画を給ふとへと給
りといむう給ひられりはあせ
をしはらやありかさらへ給へん

うきはひくゝもらめくまゐるとこそ
くてありきてはかりこそ
さへかけもいふくあられしかり
めしそれしうくさの袖もさえ
きなはりのねりさてかねのは
しやうあんけあすゝありきさうき
らもおほさらゝい見んまつなしめ尾ん
とのはくてまうめそしひはしひらゆ
つさはつな恵はらしあき上くさ
はつまうし十くさんしりおく中

めつらしきひかれし今こそ
うしきそれしまのかひかく
ちかくゆかんもんりはなく
もはなぬかさらしゆかんてな
らはおもしらかり中ね一そう
しらて日かりあるの名ゆへ
うみれくもしふるむつみ
ゆいわられともみえとも
ひひしさて日かへいきらし
まのらくとらし一うかる

えありをりのみのらさり
ろかくとあさかくめらしゆへ衣
りわひ多さしわれはかきて
ころうらくそのほらへらてきち
くりけるうすさんけひへ
えのむそれくりそあひよ
まうしうもくなはかりつ
千ることろきるけふうれひ
をもはみのゆしのののあゆめ
えめうらくへきくおほもきてん

けふのめてたさしもてたつるしらくと
しうきよくなといはんしてまゐる
そくの御おもひゆりゆくえん
くるそうれしらくうしのいつし御やう
くゐりよふもてむつむのやさん
御らてしりまゐせましくもつかれ
うくらそうくつのみたくし
まゐりて御よふ文あそはれしおほ
しめしまいらせ候んをおもはせ
よやらくなりけるらせ候ひ

そのゝちこともいはてやみにけりかゝる
さはかくなりともなほなかしひな
ひとりゐてゝ中ねるあはれなるは
らあへおなしはしてもあらん
らのゝなひとひと年はへぬるを
しこゝひしふとおもひなりとも前
なくれしきけひなくも
うひるしことゝまいらてつりくん
なひとるをはしんしうくわさ
うきさはいすも母のはなるゝをい

まつてと又ありさせ給へせうしも
かくもやしわかれめあかさこ
し給ひてはるの候ての候
爲にもろくの御とめかさう
めらくはそかすふましきしこ
それとも申ねもとすきもあり
ありもくさらへまいらせ候くの候てしら
しらぬて御とめつまいらせ候てこれ
ともつれとよの候ふかしてありさく
はるかりまいらせ候ふありつる給ふ

こゝらひしてあるもや三世のえによ
ぬりむすしくうつやなしゝし
こゝをいさくらをなふすゝく
しそてあすくこともそうこゝとあゝさ
なひゝく又ありゝもかつせゝくな
もらはくゝ一もらありなりなく
こゝてんちらつかもあくれしと
おみしぬしきんありるうしくき
んのふこるとあまなへいおもわれ
つまなこんに中ぬのひさのとしり

さきの御ふみひらくめてたくまゐらせ候
くりかへし候ひくはしく候へは
うれしくおもひまゐらせ候へくゆかしく存
あらまほしく御ふみへさしあけし
まいらせ候ひとしく候てひとめ
わたくしもかたくぞんしまいらせ候この
うちのことをいのりまゐらせ候へく
いさゝかめでたく

つゐ色ゝり

くしやの候よ

もゝしゆきのかすみとおもひしられ
程ふうきうくへのかしろくゝらく
いきほしせはおかりきし
ちとせのかりそむせはひとり花
のかれたさやうさのあるもまて
むかしよりめてうつくしくお
たしなりうくへやうくもかし
さめうつあまたてありてれられし
ちとしつしとみつてもすしく
なりかひきはさしりとのゝへ

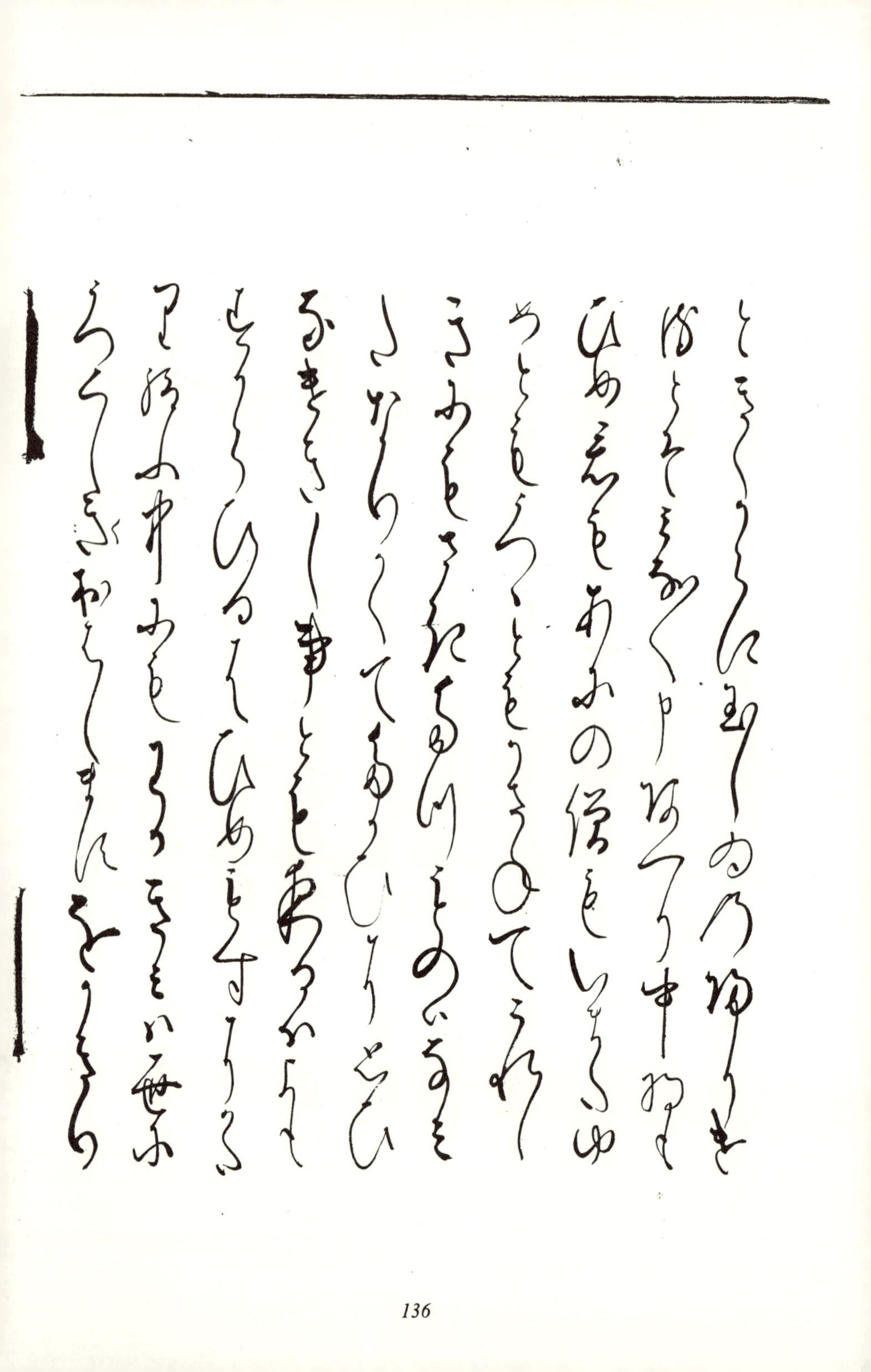

ろくよろうらひなかぬゑくよ
このりしやさんとそれらゆの
たいしんをあらてまきれくはい
にんゆうしんてりきもきらんよ
つきとりなひくいりちくう
しやかぬのしゑひなくて
しあくうりねうしゆすいそさ
れむくなりはくとやされて
たしんあくにろうひりかて
らうゆをとしせよきつえむく

りをうんとてしれたくおもうし
ましたは中おもくをはしん
ええくの好ひたうちあてれおや
のおりふをしいとくめりのる
おしいりうされたあり好ん
うれし思ひゆう事いうそうの
とおぼしめすらんうくれをき
ふせたにあつきて中ねもはし
のそくもかうつりもてうく
おもしきすきてしくしたの

くまれめくとゆしつひよ
よらりぞれくく宮へまゐく
なりてらり給ひめてひうり
中のしゆへしはまつひいうり
給し之中おもくあめしてる
さしうる乃はゆのともうくり給
ひてあまる。ともおし給ふはにと
そよらうき世ことらしひ給ひ
はるしんありまれてはとのそ
りは結こと給へり給ひ中お

ゆりわかの大じんを捨てさせ給
ひごめ四方のかしこまり給ふ
あすかの乃ゐおてんこゝろのほく
こゝろもそのふところなふの傍ばい
ゑいさんのさすよなり給
ひゞきてもあひのこゝろもちや
うしろしせおあらく給
ひそりもとのもんしん
ゑびこのあくうつりてすい
あらんよう給ひゞく雲おくひくう

あすゝめの給ひける此世から
この座とり候世を給へるんとて
るゝをもて給ふんしやとこそやう
しつ候まゝくあんし給ひなり
くるくのちんうんりうり中将の
らくたんきぬきゝんそんしあり
しれ給ひなりてんうんひさうへの
さすりり私り給ひしわすの侍る
たんられなりさて御修を給ふ
られおもふしさすさえの代り

ちさえし　にらてくるく　こゝにあし
おんてりゆくゆくそておもしまら
めらのまいこもまゐりよのよのう
ろりうりはらいろんとちなさ
ゆくふり

ちもえゆず
うんゝく
われ
いを
いけり

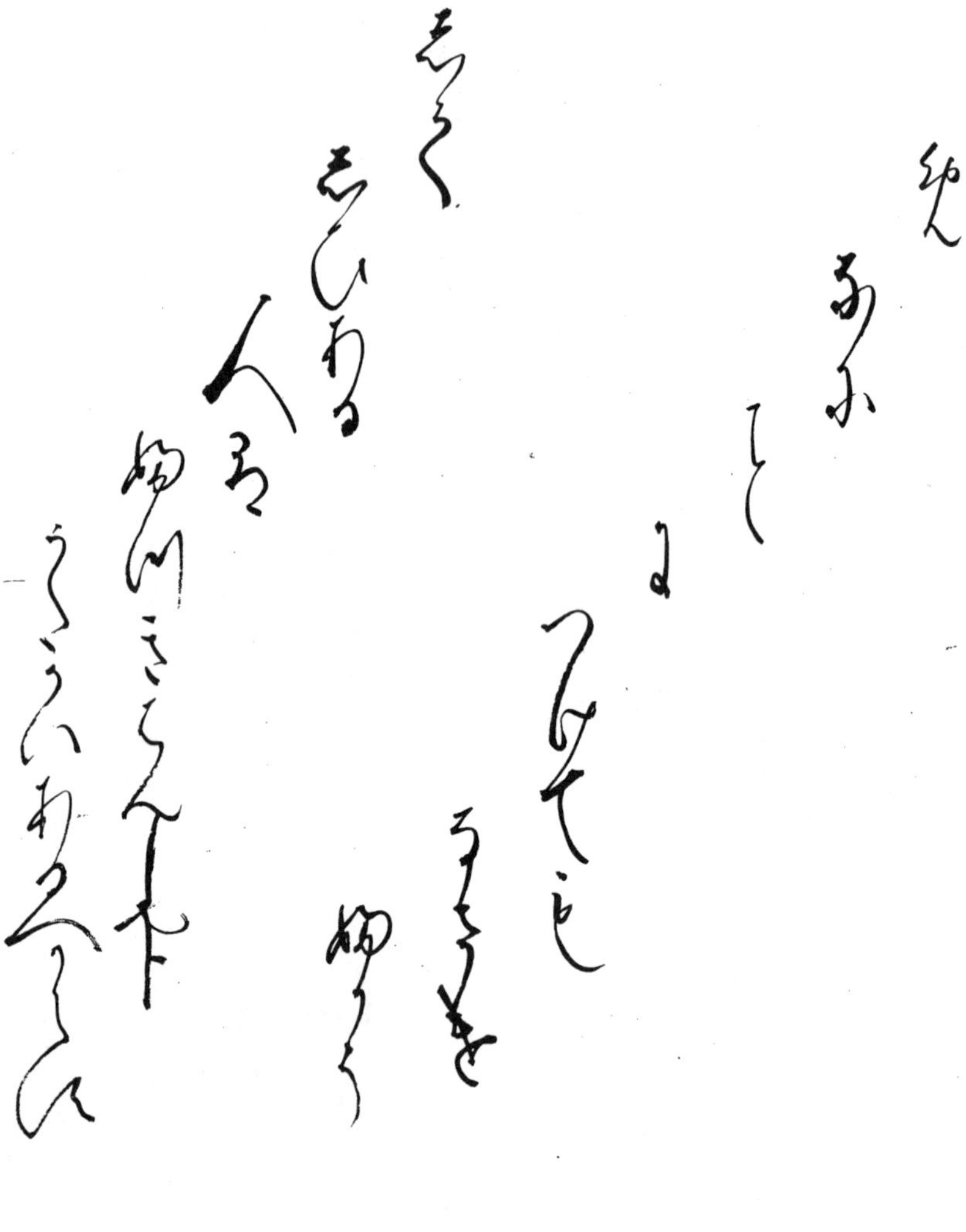

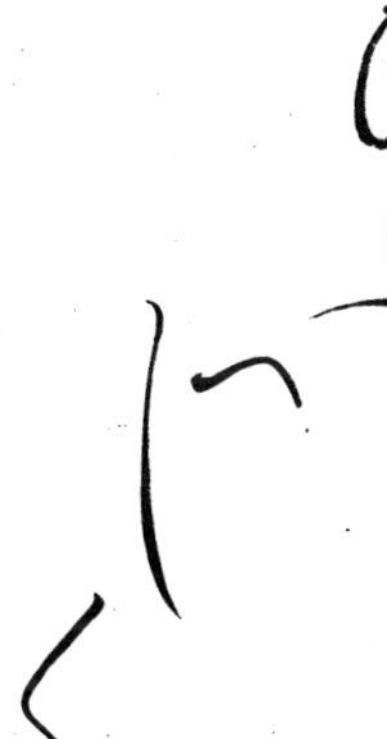

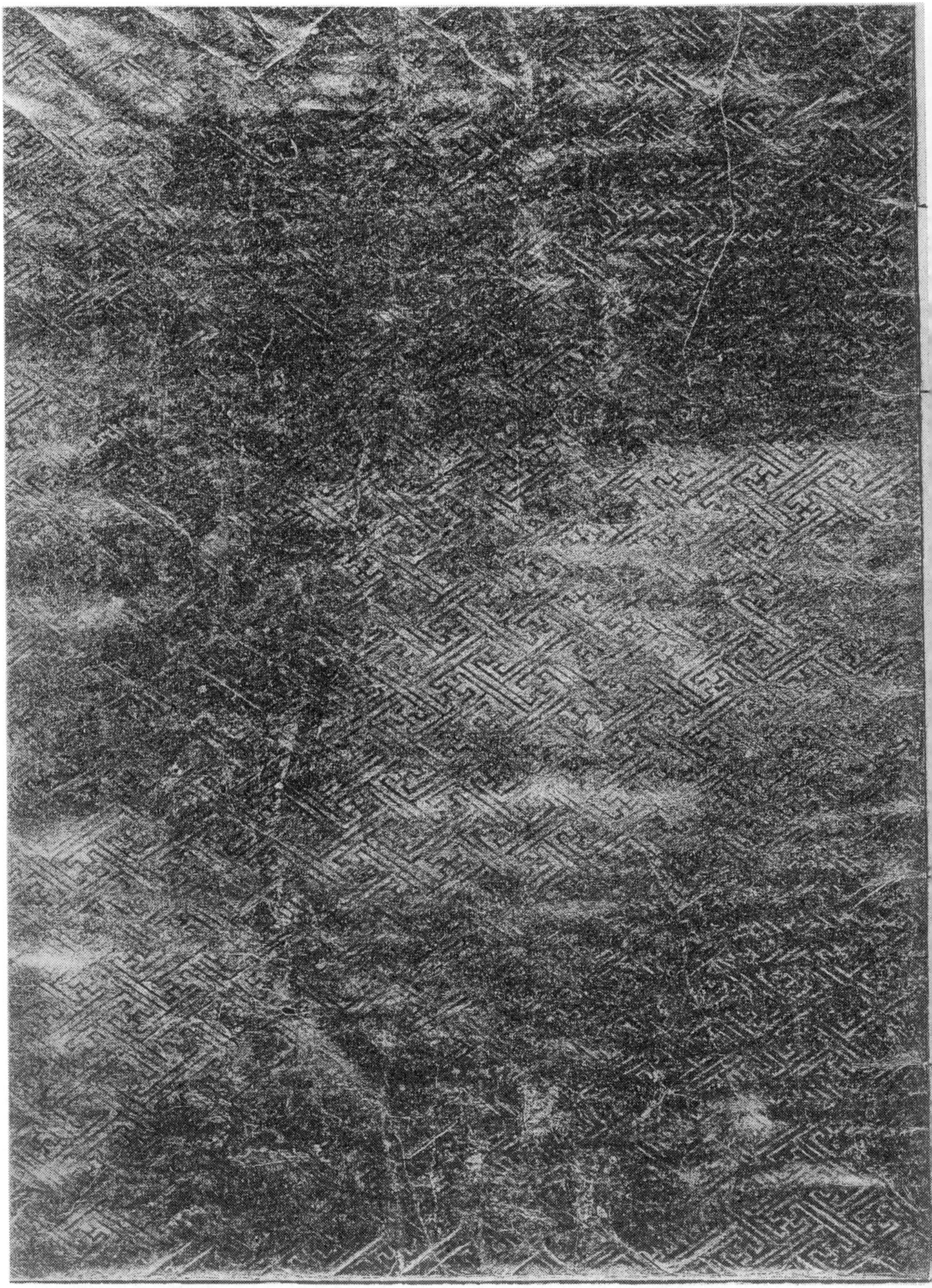

解題

『狭衣の草子』は、平安時代成立の『狭衣物語』を、飛鳥井君と狭衣との話を中心に抜き出し、編集し直した室町時代成立の物語である。平安時代『狭衣物語』は異本が多い作品として有名であるが、この『狭衣の草子』にも多くの異本が存在し、異本の成立や物語の発生を考える上で、興味深い作品である。『狭衣の草子』の内容を示すと、以下のようになる。

欽明天皇の時、大臣の子狭衣の中将というすべてに秀でた人がいた。中将が十五歳の時、笛を吹くと天人が現れ、天の羽衣を脱ぎ捨てたという。二十歳の時、中納言の娘飛鳥井の姫君と出会い、契りを結び、姫君は妊娠する。その後、姫君は、狭衣の乳母子と結婚するために筑紫に向かい、途中でかつて契りを結んだ男が狭衣であると気付く。姫君は、周防の室の津で入水しようとするが、たまたま実の兄の乗る小舟に落ち、助かる。姫君は娘を産み、やがて死んでしまうが、中将が現れ、蘇生して、一家は栄える。

『狭衣の草子』は、奈良絵本を始めとする諸伝本が数多く、松本隆信氏編「増訂室町時代物語類現存本簡明目録」(『御伽草子の世界』一九八二年八月・三省堂刊)の「狭衣の草子」の項には、以下のように分類されている。

Ａ一　慶応・[室町末]写本（仮題「さごろもの大将」）大一冊　《大成六・影印室物三》

二　加賀豊三郎旧・奈良絵本　特大二冊　《古典室物七・大成補遺一》

三　国会・奈良絵本　特大合一冊

B一　慶応・慶長二年写本（仮題「狭衣の中将」）半一帖　《古典室物七・大成六・影印室物四》

二　内閣・写本（外題「狭衣中将物語」）大一冊　《大成補遺一》

三　実践女子大・承応三年写本（尾題「飛鳥井大しやうさうし」）大一冊

実践女子大・奈良絵本　半二帖

四　東大国文・奈良絵本挿絵欠　横二冊

五　吉田幸一・奈良絵本　横三冊

C　イ［寛永］刊絵入大本（赤木丹緑本・吉田幸一）《古典室物七・大成六》

明暦三年刊絵入大本二巻（東大霞亭・天理・書陵部・松本隆信）〈古典室物七解題〉

寛文五年刊松会刊絵入大本二巻（天理）〈古典室物七解題〉

同右松会後印本（刊年を削る）（京大国文）

名大皇學・奈良絵本　横三冊

京大・写本　大一冊

中野荘次・奈良絵本　横三冊

スペンサー・奈良絵本　半三帖

岡山大池田・奈良絵本　特大二冊

ロ岩瀬・奈良絵本　横合一冊　〈古典室物七解題〉

四　武田祐吉旧・奈良絵本　半三帖　《古典室物七》

国会・写本　一帖

《未刊二》

赤木旧・奈良絵本　横三冊

〈古典室物七解題〉

五　穂久邇・[室町末]写本（外題「さ衣の中将」）　横一帖

この一覧は、基本的には松本氏の一覧をそのまま引用したが、《 》括弧内の活字本については、近年刊行されたものを補った。また、記号等におかしな所もあるが、そのまま引用した。これらの伝本以外にも、奈良絵本・写本等が数多く存在している。このように、本物語には奈良絵本を中心に伝本が多く現存している。

以下に、本書の書誌を簡単に記す。

所蔵、架蔵

形態、綴葉装、写本三帖。元は奈良絵本。

時代、[江戸前期]写

寸法、縦二三・三糎、横一七・五糎

表紙、紺地金泥模様入り表紙

外題、左上題簽に「さころも　上（中・下）」と墨書

内題、ナシ

見返、金紙

料紙、斐紙

行数、半葉一〇行
字高、約一八・二糎
丁数、墨付、上・二四丁、中・二〇丁、下・二四丁
挿絵、上中下ともに五頁ずつ。ただし、すべて欠
奥書、ナシ

本書は、元は奈良絵本であったと思われるが、挿絵はすべて取られている。したがって、挿絵の部分は白紙なのであるが、下巻の第二図の部分には、本文と同筆の文字がみられる。実はこの本文は、同じ丁の裏の本文とほぼ同文である。おそらくは、挿絵が入る所に間違えて書き始めたため、それを墨で斜線を引き、右上に「ゑ」と記したのであろう。このような、挿絵の下に本文が記されていることは、奈良絵本には時々みられることである。多くは、文字を書き誤って書き改めるようであるが、このような例によって、御伽草子筆者の写す傾向がわかり、貴重な例となっている。

室町物語影印叢刊5
挟衣の草子
定価は表紙に表示しています。
平成十三年九月三十日　初版一刷発行
編　者　石川　透
発行者　吉田栄治
印刷所　エーヴィスシステムズ
発行所　㈱三弥井書店
東京都港区三田三－二－三十九
振　替　〇〇一九〇－八－二一一二五
電　話　〇三－三四五二－八〇六九
ＦＡＸ　〇三－三四五六－〇三四六
ISBN4-8382-7030-5 C3019